DE LA CENSURE

ET

DES CENSEURS.

PRIX : 30 CENTIMES.

AU NAUFRAGÉ DE LA MÉDUSE

PARIS,

Chez CORRÉARD, libraire, Palais-Royal, gal. de bois.

11 avril 1820.

DE LA CENSURE

ET

DES CENSEURS.

————————

I.

Il y a huit jours, à peu près, que le ministère vint à
bout de mettre en jeu sa seconde *loi de confiance*. Il la
possédait enfin, cette loi qui lui avait valu de si dures
vérités de la part du côté gauche : il ne s'agissait plus
que de trouver des censeurs.

On s'empresse d'honorer plusieurs littérateurs connus,
d'une proposition bienveillante ; mais l'on n'obtient que
des refus. Le ministère s'imagine sans doute qu'il a
mis la modestie à la mode ; et, comme il ne veut point
perdre de temps, il s'adresse directement à des gens
qu'il sait ne point devoir refuser : il trouve, tout juste
à Paris, douze hommes disposés à recevoir le dépôt sa-
cré des ciseaux de la censure.

La direction des ciseaux fut donc établie.

Depuis ce jour les pauvres gazettes, celles qui ne fu-
rent jamais les apologistes de l'arbitraire, paraissent
chaque matin toutes défigurées, tout en désordre. Les
censeurs se sont évertués sur chacune d'elles durant la

nuit, et lorsque la malheureuse vient à sortir de leurs mains, on la plaint, mais on la délaisse.

Nos grands ministres sont donc parvenus à réduire les journaux à la dure nécessité de ne plus être que des restes de censure. Ont-ils atteint le but qu'ils se proposaient avec leur *loi d'exception* ? Ont-ils ôté à l'opinion publique les moyens de s'éclairer, de se faire entendre ?

Il y a huit jours que la censure est établie et toute sa nullité est déjà démontrée. Elle peut ruiner quelques propriétaires de journaux ; mais il est au-dessus de ses forces d'arrêter ce que les ministres redoutent : la libre critique des actes et des projets du pouvoir ; la publicité enfin, qui est l'âme des gouvernemens représentatifs.

Bravant la censure, la vérité paraît sous mille formes, sous mille titres divers : Les journalistes publient les rognures que l'on fait à leurs articles, et toutes font voir au grand jour la niaiserie de la censure.

L'administration des employés tranchans devient un des objets de risée, et les censeurs s'exposent à perdre les faveurs de leurs concitoyens, en gardant plus long temps les bonnes graces de ceux qui les ont armés si ridiculement de ciseaux impuissans.

A côté des rognures paraissent des pamphlets dont la multiplicité supplée au silence des journaux : la nullité de la loi d'exception à frappé tous les yeux, mais que fera le ministère de cette malheureuse loi qu'il conçut avec tant de plaisir, qu'il mit au jour avec tant de peine et qui lui donne si peu de consolation?

Pourrait-il se faire que nos grands hommes d'état n'eussent point deviné ce qui arrive? non sans doute, on ne peut leur supposer si peu de prévoyance, pourquoi

donc ont-ils demandé une loi inutile? pourquoi se sont-
ils exposés si gratuitement aux dures vérités qui leur ont
été dites à la chambre? pourquoi, pour en venir là, ont-
ils prodigué tant d'or, tant de sophismes, tant de moyens de séduire? En vérité lorsqu'on examine leur conduite, on ne sait que penser d'eux : je me trompe on se
met à rire.

En même temps que nos très-illustres ministres trou-
vaient douze censeurs, ils se voyaient fort embarrassés
pour jouir de leur autre *loi de confiance sur la liberté
individuelle*. Encore qu'ils aient l'air de mépriser l'o-
pinion publique, ils ont peur de lasser la patience de la
nation; ils s'avancent tout doucemement; ce n'est qu'a-
vec beaucoup de précaution qu'ils descendent, qu'ils
mettent un pied dans la voie de l'arbitraire; ils sont tout
prêts à reculer avec prudence, s'ils voient quelque orage
s'élever autour d'eux; mais quelles que soient leurs
craintes, ils n'en font pas moins les rodomonts, et là se
borne leur courage.

Tout le monde est persuadé qu'ils ne demanderaient
pas mieux que de se servir de la loi qu'ils ont obtenue;
cependant nos hommes d'état ayant remarqué que le
pouvoir dont ils sont armés n'effraie personne, ils ont
auguré de cette disposition des esprits, que la nation,
ayant le sentiment de sa force et de la justice de sa cause,
n'était point disposée à se laisser opprimer par trois
hommes, et que, par conséquent, il y aurait du danger
à lancer des lettres de cachet. Ils ont vu d'ailleurs se
former une souscription à la tête de laquelle paraissent
les noms des hommes les plus révérés : nos grands ministres ont donc réfléchi, et ajourné l'exécution de leurs
projets. En attendant, parce qu'il ne faut point avoir

l'air d'être déconcertés, ils ont provoqué une ordonnance pour faciliter le recrutement de la gendarmerie, et ils ont fait interroger les éditeurs responsables des journaux dans lesquels l'annonce de la souscription avait été publiée. Par-là, ils ont cru donner à penser qu'ils organisaient leurs forces oppressives; ils ont tenté d'effrayer la France; mais convaincus, en peu d'instans, que leurs mesures étaient vaines, ils se sont bien donné de garde d'aller plus loin. On peut même être porté à croire qu'ils ont perdu toute espérance de donner de l'action à un pouvoir mort-né. La lettre de M. de Richelieu à MM. les lieutenans généraux commandant les départemens, à MM. les procureurs du roi, à MM. les préfets, paraît une espèce d'aveu d'impuissance. M. le président des ministres s'est chargé, à ce qu'il paraît, de cette commission, et l'a bien faite; car il ne s'est point contenté de publier sa lettre dans le *Moniteur*, il l'a envoyée à tous les journaux : on comprend ce que je veux dire, en disant qu'un président des ministres *envoie*.

Voici donc encore une loi sans effet possible ! Mais pourrait - il se faire que nos grands hommes d'état n'eussent point prévu ce qui arrive ? Non sans doute. En vérité lorsqu'on examine leur conduite, on ne sait que penser d'eux : je me trompe, on se met à rire.

On verra que tout cet appareil formidable de loi d'exception est tombé devant la risée publique. Il sera assez curieux de lire un jour dans l'histoire, que les Français ne se défendirent qu'en riant, lorsqu'on voulut les asservir en 1820, et que cependant ils restèrent libres. Le lecteur se fera nécessairement une haute idée de la force oppressive de notre époque, et il ne pourra s'empêcher de rire lui - même. Je vois avec plaisir que le ministère actuel est destiné à égayer les pages de notre histoire.

II.

Tout est perdu, disent les libéraux! Tout est sauvé, pensent les *ultras* : encore une atteinte à la liberté, et la charte n'est plus, et l'ancien régime renaît, non pas peut-être tel qu'il était autrefois; on reproduira sur la façade du vieil édifice les emblêmes constitutionnels; mais les portes en seront désormais confiées aux seuls desservans de l'ancienne loi. Déjà, les courtisans on levé leurs encensoires autour du trône, et la triste vérité s'efforce en vain de se faire jour au travers des nuages qui l'environnent. Tandis que la grande majorité des hommes éclairés s'inquiète sur les conséquences d'un système funeste; lorsque l'amour des peuples, qui ne sait pas séparer le gouvernement de la personne du souverain, se change en indifférence, les adorateurs du pouvoir répètent un concert de louanges, dont le refrein est toujours celui-ci : *Seigneur, trois fois grand, trois fois saint et trois fois juste, délivrez-nous de nos ennemis et des vôtres! Écrasons l'hydre révolutionnaire; la politique et la religion le demandent.* C'est ainsi que parlaient les courtisans de Louis XIV, pour engager ce monarque, surnommé le Grand, à révoquer l'édit de Nantes, que son aïeul, bien plus grand que lui, avait octroyé aux religionnaires. Un directeur fanatique, des femmes galantes par tempérament et dévotes par bon ton, des abbés sans mœurs, des prélats qui cabalaient à la cour au lieu d'administrer leurs diocèses, faisaient parler la voix de la religion, qui s'indignait, disaient-ils, de voir le fauteur de l'hérésie dans le fils aîné de l'église. Louis XIV, intolérant comme tous les despotes, rompit le pacte de réconciliation que le bon Henri avait cimenté entre les Français des deux communions. Les protestans, placés entre les ordres du souverain et leur conscience, abandonnèrent le sol de la commune patrie, emportant chez l'étranger leur industrie et leurs richesses ; et tandis que l'agriculture, le commerce et les arts, privés de tant de citoyens utiles, accusaient, par leur dépérissement, la rigueur de cet acte impolitique, les courtisans de Versailles vantaient la sagesse du monarque ; les poëtes la célébraient dans leurs chants, les prédicateurs en faisaient l'apologie en chaire, et tous s'accordaient à dire que l'expulsion des hérétiques serait son plus beau titre de gloire aux yeux de la postérité.

L'inflexible postérité a cassé le jugement des ultras du dix-septième siècle

Au dix-neuvième siècle, la France a été le théâtre des dissentions politiques, qui ne sont guère moins dangereuses que les guerres de religion, par l'exaltation qu'elles produisent dans les esprits. Après avoir été agitée dans tous les sens, par l'excès de la licence et du despotisme, la nation espérait enfin trouver le repos et la stabilité à l'ombre de la monarchie constitutionnelle, surtout après la leçon salutaire et terrible des cent jours, lorsque quelques ambitieux, secondés d'une poignée de fanatiques, crurent devoir profiter de la présence des étrangers pour nous ramener violemment à l'ancien ordre de choses. Ils auraient peut-être réussi alors, s'ils n'avaient point effrayé la masse du peuple par la nudité de leurs intentions et par le choix des moyens. Malgré les baïonnettes étrangères, l'opinion manifesta hautement ser allarmes, le trône l'entendit, et l'ordonnance du 5 septembre, accueillie avec transport, fit bien voir quel était l'esprit de la majorité des Français. Il n'y eut que des ultras et les ennemis acharnés du gouvernement des Bourbons qui s'affligèrent de cette mesure salutaire. Depuis cette époque,

l'esprit public s'est développé à mesure qu'on l'a débar-
rassé des entraves des lois d'exception ; il est maintenant
dans tout sa force, et c'est alors qu'on révoque l'ordonnance qui avait produit un si grand bien ! Et les hommes
qui demandent froidement le renversement de nos institutions, se disent les ministres d'un roi constitutionnel ;
mais non : ce sont des insensés qui conspirent, dans leur
aveuglément, contre la nation et le trône.

Nous qui n'avons jamais fléchi sous le joug de la servitude, serons-nous contraints d'apostasier nos croyances
politiques, ou de nous expatrier comme le firent autrefois
les malheureux calvinistes ? Les protestans abandonnèrent
la France parce qu'ils étaient les plus faibles, et nous,
nous composons la masse de la nation. Si nous étions
encore en butte aux orages des révolutions, ce serait à
nos ennemis de chercher un asile chez l'étranger : mieux
que nous ils connaissent les chemins de l'émigration.

III.

APRÈS les éloquens sophismes de M. Pasquier et de ses
auxiliaires ; après les cris, les murmurs du centre et du
côté droit ; après l'uniformité de leur éternelle réponse,
la clôture ! je ne vois rien qui décèle mieux la faiblesse
du gouvernement que la lettre de M. de Richelieu aux
généraux commandant les divisions.

Les lois exceptionnelles sont bonnes ou elles sont mauvaises ; si elles sont bonnes, à quoi servent toutes les fleurs
de réthorique que nous prodigue M. de Richelieu ? Les
citoyens armés, comme les citoyens sans armes, en re-
connaîtront d'eux-mêmes l'excellence. Les bonnes lois,
les lois en harmonie avec la volonté et les besoins de la
nation portent avec elles leur cachet. La France n'a point
attendu de lettre apologétique pour recevoir avec recon-
naissance la loi des élections, la loi du recrutement et

celle qui a affranchi la presse. Si les lois sont mauvaises,
si elles sont conçues en sens inverse de l'opinion , si elles
blessent tous les intérêts, si elles violent les traités les
plus saints, si elles détruisent toutes les garanties , si elles
mettent en interdit une nation qui veut et qui doit être
libre, la lettre de M. de Richelieu ne diminuera en rien
l'horreur que ces lois inspirent ; elle prouvera seulement ,
comme je l'ai avancé, que le gouvernement sent son iso-
lement et sa faiblesse, et que ne trouvant plus d'appui
dans l'opinion , il va le chercher dans la force armée.

Mais, que M. de Richelieu n'oublie pas qu'il ne com-
mande plus à des Russes; qu'il sache que les soldats
français sont des citoyens armés pour défendre leur pays
et non pour l'opprimer ; s'il veut trouver des esclaves et
des sbires, qu'il retourne à Odessa.

Malgré l'ordre donné par la police à tous les journaux
de répéter le manifeste de M. le président des ministres,
je ne me suis pas cru dispensé de reproduire , avec quelques réflexions, cet excellent commentaire des lois exceptionnelles. Je prie cependant M. le président des
ministres de croire que je ne prétends pas m'en faire un
titre à sa protection : je ne veux ni dignités, ni emplois ; le
prix qu'on y met est trop cher pour ma conscience, et si
j'avais une place, je solliciterais l'honneur de la desti-
tution.

J'entre en matière : C'est dans sa sollicitude, dit M. de
Richelieu, que le gouvernement a proposé deux lois qui
viennent de recevoir la sanction royale ; leur discussion a
servi *de prétexte pour agiter les esprits.*

Notez, je vous prie, cette phrase en italique. Elle si-
gnifie évidemment que les honorables députés qui ont
défendu nos droits et nos libertés, ne sont que *des agi-*
tateurs , heureux d'avoir trouvé cette occasion pour

mettre toutes les passions en jeu ; ce sont enfin, suivant
M. le président des ministres, ainsi qu'il l'explique plus
loin en développant son idée, *des malveillans qui pro-*
pagent les exagérations, et les font accueillir par la
crédulité.

Que M. de Richelieu attaque les défenseurs du peuple,
qu'il les peigne à ce même peuple sous les couleurs les
plus noires, soit : quelque fausses, quelque absurdes que
soient ces assertions, par lesquelles personne ne sera
trompé, je les pardonne volontiers à un ex-gouverneur
russe habitué pendant trente années à commander en
despote, à être obéi par des serfs ; l'indépendance et la
liberté doivent lui déplaire ; et d'ailleurs, il est bien plus
aisé de prodiguer des sophismes trompeurs que de donner des raisons, comme il est plus facile aussi de faire,
au signe de la main, se lever ou s'asseoir 136 députés,
que de répondre à des argumens vigoureux, et de prou-
ver par cette manœuvre à l'Europe, que les Français ne
veulent pas la liberté, parce que nous avons dans notre
chambre 64 aristocrates, ardens soutiens des priviléges
qu'ils espèrent recouvrer, et 72 neutres qui ne pensent
que suivant l'ordre d'une Excellence.

« Les deux lois sont temporaires. » Grand merci ! En
sont-elles moins horribles parce qu'elles ne sont que
temporaires ? En sont-elles moins violatrices du pacte
que vous avez juré ? Vous avez tremblé en les proposant,
vous tremblez en les exécutant, et si vous annoncez que
ces lois doivent être temporaires, nous ne devons cette
faveur qu'à la peur très-légitime que vous avez de l'opinion. Mais quand votre gendarmerie sera organisée,
quand votre nouvelle chambre, qui ne représentera plus
la nation, n'opposera aucune résistance à vos projets,

ah ! que vous saurez bien les éterniser ces lois, à moins qu'une frayeur ou un événement quelconque ne vienne suspendre tout-à-coup la marche de votre despotisme.

La loi ne cesse pas de reconnaître la liberté de la presse, nous dit-on plus loin avec une naïveté enchanteresse, dont je crains de diminuer le prix ; mais « chaque jour « l'injure déversée contre tous les dépositaires de l'auto- « rité publique, n'accoutumait que trop la partie la « moins éclairée de la société à se croire en état d'hos- « tilité légitime contre cette autorité qui veille à ses be- « soins, et qu'elle doit au contraire envisager comme « son appui et son protecteur. »

Ici il ne s'agit que de s'entendre sur les mots et sur leur valeur. M. le duc appelle *injure* ce qu'un autre ap- pellerait *vérité.* Quand je dis par exemple que tel baron a été préfet de police sous Bonaparte, et qu'il s'est prêté, de la meilleure grâce du monde, à tous les actes arbi- traires que son *magnanime souverain* lui a comman- dés ; quand je dis qu'aucune *condition* n'était trouvée inadmissible par le préfet dévoué, je ne crois pas inju- rier : je fais une notice biographique à la portée de tout le monde.

Quand je dis que tel autre personnage, après avoir été jacobin, s'est fait ultrà, ce qui est à peu près la même chose, je ne dis encore que la vérité.

Quand je dis que tel homme, comme député, profes- sait des principes tout contraires à ceux qu'il proclame aujourd'hui comme ministre, cela prouve seulement que j'ai lu le Moniteur, ou bien que j'ai de la mémoire.

Quand je dis que notre marine est florissante, que nos marins sont récompensés de leurs travaux glorieux, alors, certainement, je ne dis pas la vérité, mais je ne dis pas une *injure.*

Je crois avoir prouvé que les écrivains n'ont jamais injurié l'autorité ; et cette preuve me servira pour répondre à la dernière partie de cette phrase : Quoi ! il faut que le peuple *envisage comme son appui et son protecteur* cette autorité qui change d'avis et de principes tous les jours, qui détruit toutes nos garanties, qui ruine toutes nos libertés ! Non, M. le président des ministres, il n'est point dans la société de classe *assez peu éclairée* pour ignorer que les garanties sont dans les institutions, et que si jamais elles pouvaient se trouver dans les hommes, ce ne serait pas à coup sûr parmi nos Excellences actuelles.

M. de Richelieu parle souvent dans sa lettre de la mort du duc de Berri ; en vérité, s'il n'était pas absurde, il serait révoltant d'entendre sans cesse et sous mille formes différentes, accuser de complicité une nation entière, et en particulier tous les écrivains libéraux. Il est, je crois, plus qu'inutile de répondre à ces calomnies ; je ne puis m'empêcher pourtant d'opposer M. de Richelieu à lui-même : ici c'est une nation coupable qui ne veut que meurtres et révolutions, là c'est une nation affligée qui, par de nombreuses adresses, témoigne sa douleur et ses regrets. Pour Dieu ! soyez conséquent.

Nos hommes d'état se plaignent aussi que les écrivains ont fait naître des craintes sur l'inviolabilité des biens nationaux ; ces craintes sont chimériques peut-être, mais n'en sachons aucun gré à la faction : c'est l'occasion qui lui a manqué, c'est l'opinion qui l'effraie. Quant au système constitutionnel menacé, grâce à nos bons seigneurs, nous n'en sommes plus là, le temps des menaces est passé, nous éprouvons les effets et nous n'avons plus de constitution.

L'auteur est plus embarassé d'excuser la loi des lettres de cachet, que la servitude des journaux. Il fait bien

entendre pourtant qu'il était nécessaire d'accorder l'arbitraire aux ministres ; mais, comme ses devanciers, M. le
président ne peut pas dire pourquoi cet arbitraire était
nécessaire ; il paraphrase tous les discours de M. Pasquier ; il parle souvent de la confiance qu'on doit avoir
dans les ministres et de leur extrême franchise. Moi,
j'aurais été plus franc encore à leur place, et au lieu
d'une longue lettre qui n'est nécessaire ni aux préfets ni
aux procureurs généraux, et que les soldats ne compren-
dront pas, j'aurais dit tout simplement à ces derniers :

Soldats, nous sommes ministres, par conséquent nous
sommes infaillibles et vous devez nous croire. Nous
avons demandé l'arbitraire et nous nous sommes arran-
gés pour l'obtenir, donc l'arbitraire est constitutionnel.
Vous portez un habit blanc, bleu ou vert, vous portez
le sabre ou le mousquet, nous vous donnons 25 centimes par jour, donc vous devez obéir et ne pas raison-
ner. Bien que nous soyons tout-puissans, nous avons
besoin de vous pour arrêter les gens qui nous déplaisent,
et dans les gens qui nous déplaisent, vous devez voir des
machinateurs. Ces *machinateurs* seront peut-être vos
frères, vos pères, vos bienfaiteurs, vos amis, qu'im-
porte ? vous les arrêterez sur trois signatures que nous au-
rons envoyés en blanc à nos préfets. Si *le machinateur*
arrêté à l'audace de dire qu'il est innocent, vous lui
mettrez la bayonnette sur le cœur ; et s'il invoque la
charte, vous le traiterez en *séditieux*. Celui de vous qui
aura montré le plus de zèle dans le service, sera fait gen-
darme ; alors vous aurez de beaux droits, vous pourrez
espionner, dénoncer, arrêter et sabrer avec privilége.

Ce petit ordre du jour n'est pas, je le sais, aussi fleuri
que la lettre de M. de Richelieu, mais il est plus clair et
rendrait mieux les pensées et les projets de nos doux maî-
tres les ministres.

J'allais terminer cette brochure par un article biographique sur messieurs les censeurs, quand par hasard *la Gazette de France* m'est tombée sous la main et j'ai cru devoir lui donner la préférence. Je promets du reste qu'avant trois jours, messieurs de la censure n'auront rien perdu pour attendre.

La Gazette d'aujourd'hui 10 mars, se plaint amèrement de la lenteur que met la commission à faire son rapport sur le nouveau projet de loi des élections. C'est le cas de répéter ici avec un honorable député: *ces messieurs sont pressés de jouir.* On attendra dit la bonne vieille, que la discussion du budget soit terminée; les membres de la chambre, dont les intérêts sont lésés par une aussi longue absence, seront partis; il ne restera *que ceux dont l'intérêt de propriété n'est qu'un intérêt secondaire,* et le projet de loi sera rejeté.

Je ne m'attendais pas, je l'avoue, à trouver dans *la Gazette* une aussi digne éloge des illustres membres de l'opposition. Oui, sans doute, tous les membres du côté gauche, tous ceux qui ont défendu nos droits et nos libertés avec tant de persévérance, de talent, et de courage, rejettent bien loin les intérêts privés, quand il s'agit des intérêts d'un grand peuple qui les a investis de sa confiance. Tu peux te pendre, *bonne Gazette*, une fois dans ta vie tu as rendu justice à des citoyens vertueux!

La Gazette pense-t-elle qu'il soit si facile de débrouiller le cahos d'un projet de loi *matériellement inexécutable?*

Je sens pourtant qu'un rapporteur, tel que j'en pourrais nommer quelques-uns, aurait bientôt fini son travail: « Messieurs, dirait-il, la majorité de votre commission » a décidé que la loi est excellente, et nous votons pour » l'adoption du projet tel qu'il a été présenté par les » ministres. »

En paraphrasant ces peu de mots sans beaucoup de façon, la discussion s'entamerait, et, grâce à la majorité acquise, le projet de loi serait adopté intégralement; suivrait une ordonnance qui dissoudrait la chambre actuelle et la nation serait bientôt représentée par des députés *aristocratico-ministériels.* Ainsi se résoudrait *la* question de la monarchie, pour me servir des termes de la *Gazette* qui, comme on le pense bien, n'a nullement prétendu parler de la monarchie constitutionnelle. Certes, pour la première fois, je suis de son avis : l'adoption ou le rejet de la loi des élections, décidera, en dernier ressort, du gouvernement despotique ou constitutionnel de la France.

On dit que cette feuille si éminemment nationale, est actuellement rédigée sous l'influence de M. Lainé, et je serais assez tenté de le croire; car il m'a semblé voir échapper le *bout de l'oreille* dans certain passage. Après avoir dit qu'il serait possible que le rapporteur ajournât indéfiniment la présentation des conclusions de la commission, la *Gazette* ajoute :

» Ainsi, il ne resterait au gouvernement d'autre parti
» à prendre que de retenir un projet dont la discussion ne
» pourrait s'ouvrir, et d'en rédiger une autre qui pro-
» voquerait la nomination d'une commission nouvelle. »

Or il est bon d'apprendre au public que MM. Lainé et de Villèle sont chargés de rédiger un nouveau projet; et ces messieurs nous préparent une représentation tout-à-fait à la Bonaparte. Le gouvernement, par exemple, nommerait les colléges électoraux, et c'est alors que le ministère aurait beau jeu : pauvre France !

On assure que M. le juge d'instruction a appelé dans son cabinet, MM. les curés de Paris, à l'effet de s'expliquer sur les motifs qui les portent a souffrir qu'il soit exposé dans leurs églises des troncs sur lesquels on lit en gros caractères : *Tronc pour le soulagement des pauvres prisonniers.*

Aucun écrit soumis à la censure ne pouvant faire mention des souscriptions nationales qui affluent de tous les coins de la France, je crois devoir, avant de clore ma brochure, annoncer à mes concitoyens qu'une somme de 3,000 fr. a été versée au bureau du *censeur européen*, par un seul particulier pour secourir les victimes de la loi Pasquier, dite *loi de confiance.*

Imprimerie de P.-F. DUPONT, hôtel de

www.ingramcontent.com/pod-product-compliance
Lightning Source LLC
Chambersburg PA
CBHW061423170626
46811CB00005B/2100